おはなしのろうそく 12

東京子ども図書館編

もくじ

さしえ・大社玲子

オンドリとネズミと小さい赤いメンドリ

イギリスの昔話
中川李枝子訳

むかし、ある丘の上に、きれいな小さい家が一けん立っていました。その家には、緑色の小さいドアが一つと、緑色のよろい戸のついた小さい窓が四つありました。そして、その家に、オンドリと、ネズミと、小さい赤いメンドリがすんでいました。

ところが、その丘のすぐ近くに、もう一つの丘があって、やはり、小さい家が一けん立っていました。それはひどいあばらやで、ドアはしまらないし、窓は二つともこわれているし、よろい戸のペンキはすっかりはげ落ちていました。そしてそこには、とてもわるい大きいキツネが一ぴきと、わるい小さいキツネが四ひき、すんでいました。

ある朝のこと、この四ひきの子ギツネが、大きいわるいキツネのところへやってきて、「とうちゃん、おれたち、腹ぺこだよ！」と、いいました。

「きのうから、なんにも食ってないんだもん」と、中の一ぴきがいうと、「そのまえの日だって、なんにも食ってないよう！」と、もう一ぴきの子ギツネもいいました。

そういわれると、大きいわるいキツネは、頭をふりながら一所懸命考えました。それからやっと、だみ声をはりあげて、こういいました。

「むこうの丘に、一けん、家があるぞ！　あの家ん中にゃ、オンドリがいる！」

すると、すぐ、二ひきのわるい子ギツネがキイキイ声で、

「それから、ネズミもいるよ！」と、さけびました。

「それから、小さい赤いメンドリも！」と、あとの二ひきもさけびました。

「おまけに、やつらはふとってて、うまそうだ！」と、大きいわるいキツネはいいました。

「おれは、きょうこそ、袋をもって出かけていき、あの丘をのぼっていって、あのドアからはいり、袋ん中に、オンドリとネズミと赤いメンドリをぶちこむとしよう！」

わるい子ギツネたちは、それを聞くと、うれしがってとびはねました。そして、大きいわるいキツネは、さっそく、もっていく袋の用意をしました。

さて、キツネの家で、こういうことが起こっているあいだ、オンドリとネズミと小さい赤いメンドリは、どうしていたでしょうか。

じつは、こんなことは、あまりお話したくないのですが、オンドリとネズミは、その日は、朝からきげんがわるくて、文句ばかりいっていました。オンドリは、きょうは暑くてたまらないというし、ネズミは、とても寒いといって、ぐちをこぼしました。

そういうわけで、オンドリとネズミが、朝、ふくれっつらをして、台所へはいっていきますと、感心な小さい赤いメンドリは、まるで、お日さまのように元気に、いそがしそうにはたらいていました。

メンドリは、二ひきを見ると、

「だれが、たきつけをとってきてくれる?」と、ききました。

「おれは、いやだよ」と、オンドリがいいました。

「おれだって、いやだよ」と、ネズミもいいました。

「それじゃ、わたしがとってくるわ」と、メンドリはいって、外へ走っていって、たきつけをとってきました。

そして、もどってくると、また、

「だれが、やかんに泉の水をくんできてくれる？」と、ききました。

「おれは、いやだよ」と、オンドリがいいました。

「おれだって、いやだよ」と、ネズミもいいました。

「それじゃ、わたしがくんでくるわ」と、メンドリはいって、外へ走っていって、水をくんできました。

そして、やかんを火にかけると、

「だれが、朝ごはんのしたくをする？」と、ききました。

「おれは、いやだよ」と、オンドリがいいました。

「おれだって、いやだよ」と、ネズミもいいました。

「それじゃ、わたしがやるわ」と、メンドリはいいました。

さて、朝ごはんのあいだじゅう、オンドリとネズミはけんかをし、文句をいっていました。その上、オンドリは、ミルクのコップをひっくりかえし、ネズミはパンくずを床にちらかしました。

小さい赤いメンドリは、二ひきが早くけんかをやめてくれればいいと思って、

「さあ、だれが、朝ごはんのあとかたづけをする？」と、ききました。

「おれは、いやだよ」と、オンドリがいいました。

「おれだって、いやだよ」と、ネズミもいいました。

「それじゃ、わたしがやるわ」と、メンドリは、テーブルをすっかりかたづけると、床のパンくずを掃いて、それから、暖炉のまわりをきれいに掃除しました。そして、

「さあ、では、だれが、これから、ベッドをつくるのを手伝ってくれる？」と、ききました。

「おれは、いやだよ」と、オンドリがいいました。

「おれだって、いやだよ」と、ネズミもいいました。

「それじゃ、わたしがやるわ」と、メンドリはいって、トントンと二階へあがっていきました。

けれども、なまけ者のオンドリとネズミは、火のそばの気持ちのよいひじかけいすにすわっているうちに、ぐっすり寝こんでしまいました。

さて、大きいわるいキツネは、こっそり丘をのぼって、庭にはいってきました。もし、オンドリとネズミが居眠りなどしていなければ、キツネのこわい目が、窓からのぞきこんだのに気がついたでしょう。

大きいわるいキツネは、「トン、トン、トン！　トン、トン！」と、ドアをたたきま

した。

「いったい、だれだ？」と、ネズミは目を半分あけていいました。

「だれだか、知りたけりゃ、おまえ自分で行って見てこいよ」と、オンドリがいいました。

「きっと、郵便屋だ」と、ネズミは思いました。「ぼくに手紙が来たのかもしれない」

そこで、ネズミは、ろくに外のようすも見ないで、掛け金《がね》をはずして、ドアをあけました。

そのとたん、大きなキツネがとびこんで来ました。

「キイ、キイ、キイ！」と、ネズミは悲鳴をあげて、煙突にかけのぼろうとしました。

「コケッコ、コケッコ！」と、オンドリも悲鳴をあげて、いちばん大きいひじかけいすの上に飛びあがりました。

けれども、キツネはわらっただけで、なんの苦もなくネズミのしっぽをつまんで、ポイと袋へほうりこみました。それから、オンドリの首ねっこをひっつかんで、また、ポイと袋へほうりこみました。そのとき、小さい赤いメンドリが、このさわぎを聞きつけて、二階からかけおりてきました。すると、キツネは、メンドリもオンドリたちとおなじようにつかまえて、袋へポイとほうりこみました。

それから、キツネはポケットから長いひもを一本とりだすと、袋の口へぐるぐる、ぐるぐるまきつけて、しっかりむすびました。そうして、袋を背中にかつぐと、ひとり、クスクスわらいながら、丘をおりていきました。

「ああ、おれは、あんなに文句ばかりいうんじゃなかったなあ」と、オンドリは、キツネの背中で、ドスンドスンとゆられながら、いいました。

「ああ、おれも、あんなになまけるんじゃなかったなあ」と、ネズミはしっぽで涙をふきながらいいました。

すると、小さい赤いメンドリがいいました。

「心をいれかえるのに、おそいってことはないのよ。あまりがっかりしないで。ほら、わたし、ここに、小さい裁縫袋《さいほうぶくろ》をもっているの。この中には、はさみと、指ぬきと、針と糸がはいっているのよ。見ててごらんなさい。これから、わたし、いいことをしてみせるから」

ちょうど、その日は、お日さまがぎらぎら照っていました。そして、キツネどんは、背中の袋がとても重くなってきましたので、木の下で、ほんのちょっと、昼寝をしていこうと考えました。そこで、袋をドサン！　と投げだすと横になり、たちまち、眠りこんでしまいました。

「スーハー、スーハー、スーハー」と、キツネどんは、いびきをかきました。

袋の中の小さい赤いメンドリは、キツネのいびきを聞くやいなや、はさみをとりだして、ネズミがはいだせるぐらいの穴をあけました。

「さ、早く！」と、メンドリはネズミにささやきました。「あなたとおなじぐらいの大きさの石を、はこんでくるのよ」

ネズミは外へとびだし、すぐに石をひきずりながらもどってきました。

「それを、ここにいれて！」と、メンドリがいいました。

ネズミはすばやく、石を袋の穴に押しこみました。

それから、メンドリは、オンドリが出られるぐらいに、穴を大きくして、「さ、早く！」といいました。「あなたとおなじぐらいの大きさの石を、はこんでくるのよ」

オンドリは、外へとびだし、すぐに石をひっぱってきて、それを袋の穴に押しこみました。それから、小さい赤いメンドリも、ぴょんととびだし、自分とおなじぐらいの石をひっぱってきて、袋に押しこみました。

つぎに、メンドリは指ぬきをはめると、針と糸を使って、できるったけの早さで、袋の穴を縫ってしまいました。

こうして、あっという間に、仕事が終わると、オンドリとネズミと小さい赤いメンドリは、大いそぎで家へかけて帰って、ドアをしめ、掛け金をおろし、窓もよろい戸も全部しめて、ほっと安心しました。

さて、いっぽう、大きいわるいキツネは、しばらくぐっすり眠ってから、目をさましました。

「これは、これは」と、キツネは目をこすりながらいいました。木の影が草の上に長くのびていました。

「やっ、寝すぎたぞ！　いそいで帰らねばならんわい」

そこで、大きいわるいキツネは、あわてて袋をかつぐと、うなったり、ぶつぶついったりしながら、丘をおりて、小川のところまで来ました。

パシャ！　と、キツネは、片方の足を水の中にいれました。それから、パシャ！　と、もう一本の足を水の中にいれました。

ところが、袋の中の石がとても重かったので、つぎにひと足ふみだしたとき、キツネどんは、とうとう水の中でひっくりかえって、深みにはまってしまいました。

すると、そこへ、魚たちがやってきて、キツネどんを魚たちの魔法のほら穴へはこびこみ、そこへとじこめてしまいました。そして、それからというもの、キツネどんの姿を見た人はいません。

おかげで、四ひきのわるい子ギツネたちは、晩ごはんぬきで寝なければなりませんでした。

けれども、オンドリとネズミは、もうけっして不平はいわなくなりました。それどころか、火はもやす、やかんに水はくんでくる、朝ごはんのしたくはするというように、どんな仕事もするようになりました。

いっぽう、やさしい、小さい赤いメンドリは、大きいひじかけいすにすわって、ゆっくり休むことができました。

そして、どんなキツネも、もうメンドリたちには、いたずらをしませんでした。

三びきは、いまも、丘の上の、緑色のドアとよろい戸のある、あの小さい家で、しあわせにくらしているということですよ。

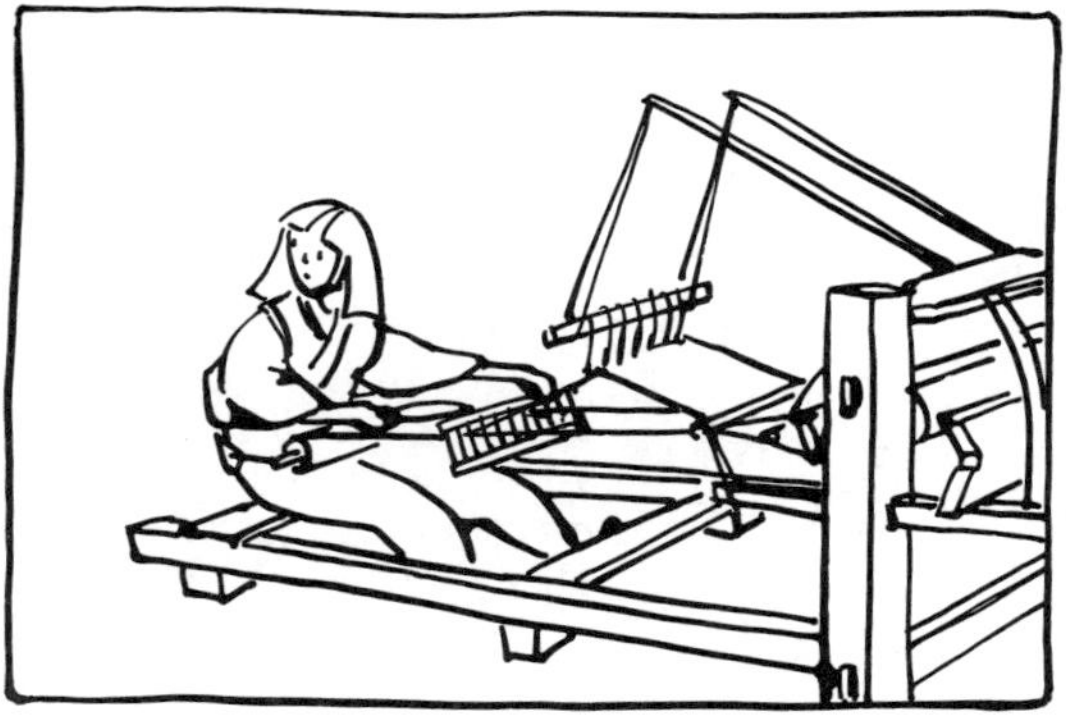

瓜《うり》こひめこ

日本の昔話
須藤早苗再話

むかしむかし、あるところに、爺《じ》さと婆《ば》さがあった。爺さは山へ草刈りに、婆さは川へ洗濯に行った。婆さが川で洗濯していると、上の方から、でっかい瓜が、ポッコリ、ポッコリ流れてきた。

婆さが、

「瓜、瓜、こっちい、来い。瓜、瓜、こっちい、来い」というと、瓜は婆さの前に流れてきた。

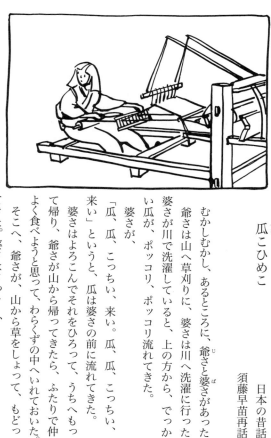

婆さはよろこんでそれをひろって、うちへもって帰り、爺さが山から帰ってきたら、ふたりで仲よく食べようと思って、わらくずの中へいれておいた。

そこへ、爺さが、山から草をしょって、もどってきた。婆さはさっそく、

「爺さ、爺さ、きょうなあ、川へ行って洗濯していたら、でっかあい瓜、流れてきたから、ひろってもってきておいたせえ、これからふたりで食わねえかい」といった。

爺さもよろこんで、

「そいじゃ、さっそく、ごっつぉになるか」といって、あがってきて、ふたりで瓜を割ろうとすると、瓜はふたつに割れて、その中から、小さいかわいらしい女の子が出てきた。爺さも婆さも子どもがなかったから、それはよろこんだ。瓜の中から生まれた女の子だから、瓜ひめという名をつけて、大事にそだてた。

瓜ひめは、だんだん大きくなって、やがて、きれいな、いい娘になった。

そのうち、近所の殿《との》さんの目にとまって、

「ぜひぜひ、瓜ひめを嫁にほしい」と、いってきた。

爺さと婆さはよろこんで、

「瓜ひめ、瓜ひめ、おまえは、うちで機《はた》ぁ織ってろ。これから町へ行って買い物して、おまえの嫁入りじたくしてくれるからなあ」といった。

そして、出かけるときに、

「瓜ひめ、瓜ひめ、しつかり戸をしめて、だれが呼ばっても、戸やなんかあけちゃいけねえぞ。もしなあ、山のあまんじゃくが来て、戸をあけろっていうかもしんねえけど、けっしてあけちゃいけねえぞ」と、そういって、ふたりは出かけていった。

そこで、瓜ひめは、うちん中でもって、トンカラリ、トンカラリと、機を織っていた。

すると、山であまんじゃくがそれを見ていて、ああ、爺さと婆さが行っちまったから、瓜ひめんとこへ行ってやろうと思って、やってきて、

「瓜ひめ、いるか」と、いった。

「瓜ひめ、瓜ひめ、いる」と、瓜ひめがこたえると、
あまんじゃくが、

「戸をあけてくれや」と、いった。

瓜ひめが、

「おら、爺さや婆さに、だれ来たって、戸をあけちゃいけねえっていわれているから、戸やなんか、あけられねえ」というと、
あまんじゃくは、

「そいじゃあ、瓜ひめ、指のへえるほどあけてくれや」と、いった。

そこで、瓜ひめは、

「指のはいるだけあけてやるか」といって、指のはいるだけあけてやった。

すると、あまんじゃくが、

「瓜ひめ、瓜ひめ、もう少しあけてくれや。手のへえるほどあけてくれや」と、いった。

瓜ひめがまた、

「手のはいるだけあけてやるか」といって、あけてやると、今度は、

「瓜ひめ、瓜ひめ、今度は、足のへえるだけあけてくれや」という。

瓜ひめが、

「そんなにあけると、爺さも婆さもおこるさけ、いけねえわ」というと、

「うんにゃ、そんなこといったって、足のへえるっきりだもの。中へはへえらねえさけ、いいじゃねえか」という。

そこで、瓜ひめが、

「足のはいるだけあけてやるか」と、そういって、足のはいるだけあけてやると、
また、あまんじゃくが、

「瓜ひめ、瓜ひめ、足っきりへえったって、いけねえやさ。頭のへえるだけあけてくれや」という。

「そんなにあけたら、爺さも婆さも帰ってきておこるさけ、いやだわ」といったが、
あまんじゃくが、

「そいでもなあ、瓜ひめ、頭へえったっていいじゃねえか。あけてくれや」というので、

瓜ひめは、ほんとうにして、

「そいじゃ、頭のはいるだけ、あけてやるか」といって、頭のはいるだけあけてしまった。


するると、頭がはいったから、あまんじゃくはよろこんで、うちの中へとびこんできて、瓜ひめを機《はた》んところから引きずりおろして、瓜ひめのきれいな着物をはいで自分が着て、自分の着ていたボロを瓜ひめに着せた。それから、瓜ひめを裏の山へ引っぱっていって、そこの木にしばりつけてしまった。

そして、自分が瓜ひめにかわってうちに帰り、機も織れないのに音だけ、トンカラリ、トンカラリ、と、させていた。

そこへ、爺さと婆さが帰ってきて、

「瓜ひめ、瓜ひめ、いま帰ったぞ」と、いった。

すると、瓜ひめに化けたあまんじゃくが、

「あらあら、爺さも婆さもお帰り」といって、戸をあけた。

ふたりがはいってきてみると、瓜ひめはやっぱりきれいにして、機んとこにいるので、

「ああ、瓜ひめ。さ、嫁入りじたくはできたから、あしたんなれば、殿さんがむかえにくるさけなあ」と、そういった。

つぎの日になると、殿さんが、お駕籠《かご》でむかえにきた。そこで、爺さと婆さは、あまんじゃくと知らんで、きれいにしたくさせて、お駕籠に乗せてやった。

さて、お駕籠が、山の下を通ると、

うりひめの　のるかごにぃ
あぁまんじゃくが、ひんのった

という声がする。へんな鳥が鳴いているなあ、と思って、また、先へ行くと、

うりひめの　のるかごにぃ
あぁまんじゃくが、ひんのって
どぉこへいくんだ　やあら

と鳴いた。

そこで、へんだと思って駕籠の中を見ると、中にいたのは、きれいにしていたけど、あまんじゃくだった。瓜ひめは、と見ると、あまんじゃくのきたない着物を着せられて、

木にしばりつけられていた。

そこで、みんなはたまげて、すぐに瓜ひめをつれてきて、あまんじゃくの着ていた着物をはいで、瓜ひめに着せ、今度は、瓜ひめをお駕龍に乗せて、殿さんのところへ嫁入りさせた。

そうれぇだけ。

ルンペルシュティルツヘン　グリム昔話

東京子ども図書館訳

むかし、あるところに、粉屋がいました。貧乏でしたが、器量のよい娘がひとりありました。

この粉屋があるとき、たまたま、王さまと話をしたことがあったのですが、そのとき、ついえらぶって、「わたくしには娘がひとりありますが、この娘がわらをつむいで金《きん》にいたします」と、いってしまいました。

すると、王さまは、

「それは、大したわざだ。気にいったぞ。もし、おまえのいうとおり、おまえの娘にそんな結構なことができるのならば、あす、わしの城へつれてまいれ。わしがためしてみよう」といいました。

こうして、娘が王さまのところへつれてこられると、王さまは、娘をわらのいっぱいつまっている部屋へつれていき、糸車と糸巻きをわたして、いいました。

「さあ、仕事にかかれ。夜どおし働いて、あすの朝までに、このわらを金にしておかなければ、おまえの命はないぞ」

こういうと、王さまは、自分でその部屋の錠《じょう》をおろし、娘をそこにひとりのこして、行ってしまいました。

かわいそうに粉屋の娘は、そこにすわって、すっかり途方にくれました。どうしたら、わらをつむいで金にできるのか見当もつかず、だんだん心配になって、とうとう、泣きだしてしまいました。

すると、急に戸があいて、ひとりの小人がはいってきて、いいました。

「こんばんは、粉屋の娘さん、なんで、そんなに泣いているのかね？」

そこで、娘は、

「あたし、わらをつむいで、金にしなければならないのだけれど、どうやったらいいのか、わからないんです」と、こたえました。

すると、小人がまた、

「わしが、おまえのかわりにつむいでやったら、なにをくれるね？」とききましたので、

娘は、

「あたしの首飾りを」といいました。

小人は首飾りを受けとると、糸車の前に腰をおろして、ぶん、ぶん、ぶん、と三度まわしました。すると、糸巻きは、いっぱいになりました。それから、べつの糸巻きをさして、ぶん、ぶん、ぶん、と三度まわすと、ふたつめの糸巻きも、すっかり巻けました。こんなふうにして朝までつづけると、わらはのこらずつむがれて、どの糸巻きも、金の糸でいっぱいになりました。

日がのぼると、もう王さまがやってきました。王さまは、金ができているのを見ると、おどろいたり、よろこんだりしましたが、こうなると、もっともっと金がほしくなりました。そこで、粉屋の娘をわらのいっぱいはいっている、まえより大きな部屋につれていって、命がおしければ、このわらもひと晩で金につむぐようにと、いいつけました。

娘が、どうしていいかわからず泣いていると、また戸があいて、あの小人があらわれ、「このわらをつむいで金にしてやったら、なにをくれるね?」といいましたので、
娘は、

「あたしの指輪を」と、こたえました。

小人は指輪を受けとると、また糸車をぶんぶんまわしはじめ、朝までに、あるだけの

わらをのこらず、ぴかぴか光る金につむいでしまいました。

　これを見た王さまは、大よろこびしましたが、まだまだ満足できず、もっと金がほしくなり、粉屋の娘を、わらのいっぱいつまっている、まえよりずっと大きな部屋につれていって、

「このわらも、今夜じゅうにつむいでしまうのだ。うまくやりとげたら、おまえを、わしのきさきにしてやるぞ」と、いいました。たとえ粉屋の娘だとしても、これ以上金持ちの妻は、世界じゅう探してもみつかるまいと考えたからです。

　さて、娘がひとりきりになると、またまた小人がやってきて、

「今度もわらをつむいでやったら、なにをくれるね？」といいましたので、
　娘は、

「あげられるものは、もうなんにもないわ」とこたえました。

　すると、小人は、

「それなら、おまえがおきさきになったら、おまえのはじめての子どもをよこすと、約束してくれ」といいました。

　そんなこと、どうなるかわからない、と娘は考えました。それに、この場をどうきりぬけたらいいかわからなかったので、小人のいうとおり、約束しました。

そこで小人は、今度もまた、わらをつむいで金にしてくれました。

あくる朝になると、王さまがやってきました。そして、すっかり自分の望んだとおりにできているのを見ると、この娘と結婚式をあげました。こうして、器量よしの粉屋の娘は、おきさきになったのです。

さて、一年たつと、おきさきにはかわいらしい子どもが生まれましたが、おきさきは、あの小人のことなど、もうすっかり忘れていました。

するとあるとき、小人が、ふいにおきさきの部屋へはいってきて、

「さあ、約束のものをくれ」といいました。

おきさきはたいそうおどろいて、子どもさえとらずにおいてくれれば、国じゅうの宝をみんなあげてもいいと、いいました。

しかし、小人は、

「いいや、わしは世界じゅうの宝全部よりも、生きているものの方がいいのだ」といいました。

これをきくと、おきさきはなげき悲しんで、泣きだしました。

そこで小人も、おきさきが気のどくになって、

「では、三日だけ待ってやろう。もしその間に、わしの名をあてられたら、おまえの子

どもはとらずにおこう」といいました。

さて、おきさきは、夜どおし、これまでにきいたことのある、ありとあらゆる名前を思いだしてみました。それから、使いの者をひとり、遠くまでやって、まだほかにどんな名前があるか、方々、きいて歩かせました。

あくる日、小人がやってくると、おきさきは、カスパルとか、メルヒオールとか、バルツァーとかいう名前からはじめて、知っているだけの名前を、つぎからつぎへと並べたてました。

けれども、小人は、どの名前をきいても、

「わしは、そんな名前じゃないね」と、いいました。

二日めには、おきさきは、近所にどんな名前の人がいるか、きいてまわらせました。そして、世にもめずらしい奇妙な名前をいってみました。

「もしかしたら、リッペンビーストっていうんじゃない？　それとも、ハンメルスバーデ？　それとも、シュニールバイン？」

けれども、小人はあいかわらず、

「そんな名じゃないね」と、こたえるばかりです。

三日めになると、使いの者はもどってきて、こんな話をしました。

「きょうは、新しい名前はただの一つも見つかりませんでしたが、ある高い山のふもとにきて、森のはずれをまわりますと――そこは、キツネとウサギがお休みなさいをいいあうようなさびしいところなんでございますが――そこに一けんの小屋がありました。その小屋の前には火がもえていて、その火のまわりで、みょうちくりんな小人がはねまわっていました。その小人は、一本足でぴょんぴょんとびはねながら、

きょうは　パン焼き
あすは　酒つくり
あさっては　おきさきの子どもをもらう
やれ、ありがたや　だあれも知らぬ
わしの名前は　ルンペルシュティルツヘンよ！

と、わめいておりました」

おきさきがこの名前をきいて、どんなによろこんだか、みなさんにもおわかりでしょう。

それから少しすると、小人がはいってきて、

「さて、おききさき、わしの名はなんと？」と、ききました。

おきさきは、まずはじめに、

「おまえの名は、クンツかえ？」と、ききました。

「いいや、ちがう」

「ハインツかえ？」

「いいや、ちがう」

「じゃ、ことによると、ルンペルシュティルツヘンじゃないのかえ？」

これをきいた小人は、

「悪魔がしゃべったな、悪魔がしゃべったな！」と、大声でさけびました。

そして、腹立ちまぎれに、右足で地面をどんと踏んだものですから、足が土の中に深くめりこんでしまいました。すると小人は、かんしゃくを起こして、両手で左足をひっつかんで、我と我が身を、まっぷたつに、ひきさいてしまいました。

ぼくそっくりの

——グループで遊ぶときに——

松岡享子作

リーダー　おやおや、　そこ行く男の子、
子ども　ぼくそっくりの
リーダー　帽子をかぶり、
子ども　ぼくそっくりの
リーダー　上着きて、
子ども　ぼくそっくりの
リーダー　ズボンはき、
子ども　ぼくそっくりの
リーダー　靴はいて、

子ども　ぼくそっくりの
リーダー　足どりで、とっとことっとこ歩いてく。
　　　「オーイ」と、声をかけたれば、
子ども　ぼくそっくりの
リーダー　声あげて、
子ども　ぼくそっくりの
リーダー　わらい顔。
　　　よくよく見たれば、あらなんと、
子ども　ぼくそっくりの
リーダー　おさるさん！

やもめとガブス

インドネシアの昔話

花岡泰隆・松岡享子訳

むかし、あるところに、たいそう年とったまずしいやもめ女がすんでいました。若いときに夫をなくし、たよりになる子どもも、身よりもなかったので、この長い年月、ひとりで働いて暮らしてきました。若いころには、それでも力仕事をしてお金をかせぐことができましたが、年をとって体の弱ったいまは、だれひとりやとってくれる者もありません。しかたがないので森へ行って、木の葉や木の枝をひろい集めてきては、近所の人に米や野菜ととり変えてもらい、どうにか暮らしをたてていました。

そんなありさまでしたから、日に三度、きまってごはんが食べられるとはかぎりません。一度しか食べない日もあれば、一日中なにも口にしない日もあり、ときによると、二日も三日も食べないことさえありました。

着物は、いま身につけているもの一枚きりで、それももうボロボロになっていました。家は、家というより小屋で、屋根にも壁にも穴があき、おまけに、いまにも倒れそうなほど、かたむいていました。しかも、この小屋は、金持ちの家のとなりに立っていたので、よけいみすぼらしさが目立ちました。

ある日のこと、女は、いつものように、木の葉や木の枝をとりに森へ出かけました。このところ二日ばかり、なにも食べていなかったので、歩くのもやっとでした。

やがて、大きな川にさしかかりました。ちょうど日照りの季節で、もう何日も雨が降っていなかったので、このあたりの川や湖はどこも干上《ひあ》がっていました。女が通りかかったこの川も、水はほとんど流れておらず、そこかしこに、小さな水たまりがのこっているだけでした。そこに真昼の太陽がギラギラと照りつけていました。

女がふと目をやると、川底のどろの中に、たくさんのガブスがいて、バタバタはねていました。ガブスというのは、このあたりの川にいる魚です。ガブスたちは、いままでいた水たまりが、だんだん干上がってきたので、なんとかしてもっと水のあるところへ行こうともがいていたのでした。

王さまと見える一ぴきの大きなガブスが、みんなの先に立って道をつけるのですが、乾いたどろの上をはねていくのは容易なことではありません。あとにつづくガブスの中には、いまにも死にそうなものがたくさんいました。

これを見て、女はうちょうてんになりました。「ごちそうが食べられる！」と思ったからです。油であげたガブスの味を考えると、口中につばがたまってきました。

「こんなにたくさんのガブスだ。半分はとっておくとしても、あとの半分を売れば、そのお金で、米とヤシ油《あぶら》と薬味が買える。それでガブスを料理して、ひさしぶりにおいしい食事をしよう」と、女は思いました。

ところが、バタバタはねているガブスを手づかみにしようと腕をのばしたとたん、女は突然ふしぎな気持ちにおそわれました。魚の苦しみが、ひとごととは思えなくなったのです。自分も苦しい思いをしてようやくのことで生きているけれど、でも、このガブスよりはましだ。自分は森でなにがしかの木の枝をひろえば、なんとか命をつなぐことができる。けれど、この魚たちは、刻一刻とせまってくる死からのがれるすべを、なにひとつもっていないのだ、と思ったからです。

「かわいそうに！」と、女はつぶやきました。そして、いったんのばした手をひっこめて、じっと魚たちを見つめました。

と、このとき、ふしぎなことが起こりました。女の耳に、魚たちのことばが聞こえてきたのです。魚たちは、声をそろえてこうさけんでいました。

「神さま、どうか雨を降らせてください！　神さま、どうか雨を降らせてください！」

魚たちは、頭を天に向けて、何回も何回もこうくりかえしていました。

まずしいやもめは、この年になるまで神さまというものを知らず、お祈りをすることも知りませんでした。そこで、魚たちのこのようすを見てひどくおどろきました。そして、思わず、魚といっしょに自分も天をあおぎました。

すると、どうでしょう。あんなにカッカと照りつけていた太陽が急に姿を消し、雨雲が上空をおおった、と見る間に、滝のような雨がいきなりザアーッと落ちてきました。干上がっていた川床のあちこちに水たまりができ、それがみるみるつながって、ひとつの流れになりました。ガブスたちは、水の中で元気をとりもどし、やがて、よろこんで泳ぎながら、どこかへ行ってしまいました。

女は、このできごとにすっかり心をうばわれ、自分が雨にぬれていることも忘れて立ちつくしていました。やがて、雨は小降りになり、女は、ハッとわれにかえりました。そして、その日はもう森へ行くのはやめて、そのまま家へ帰ることにしました。帰る道すがらも、女の心は、さっき見たふしぎな光景でいっぱいでした。女は家につくまで、ガブスたちが天を見あげて神さまに祈っていたことを、くりかえし考えました。

「あの魚たちは、神さまというものに、雨を降らせてくれとお願いした。そうしたら、その願いどおり雨が降ってきた。もし、わたしが、神さまにお願いしたら、きっと、わたしの願いもかなえてくださるにちがいない。そうだ、わたしも、ガブスたちがしたように、神さまにお願いをしてみよう。でも、わたしは、雨ではなくて、お金をお願いしよう」

まずしい女は、家につくと、すぐ神さまにお願いをはじめました。体のぬれていることも、おなかのへっていることも、疲れていることも、眠いことも、なにもかも忘れて、一所懸命に祈りました。床にすわり、あのガブスとおなじように上を見あげて、大きな声でいいました。

「神さま、どうぞお金をください！　神さま、どうぞお金をください！」

女は休みなくこうくりかえしました。神さまにお金をくださるようお願いすることで、心はいっぱいで、ほかのことは、いっさい考えませんでした。自分のこれまでの苦労も、ひもじさも、つらさも忘れました。神さまが、自分の願いを聞きいれてくださらないのではないかと、疑うこともしませんでした。なぜなら、さっき、川で、神さまがガブスの祈りにこたえてくださったことを、目《ま》のあたりにしていたからです。

女は、神さまを信じきっていたので、あきることなくおなじ願いをくりかえしました。とうとう、その日一日中、大きな声で、おなじことばをさけびつづけました。それどころか、夜になっても、まださけびつづけました。

その声は、となりの金持ちの家にも聞こえました。金持ちの主人は、この絶え間のないさけび声に、いらいらしてきました。そこで、女の家にやってきてどなりました。

「やかましい！　いいかげんにやめろ！　おまえの声は聞きあきた。第一、そんなことをしてもむだだ。神さまが、おまえのたのみなど聞いてくれるわけがない。ばかなやつだ。そんなひまに森へ行って、木の葉の一枚でも、木の枝の一本でもひろってくりゃいいんだ。その方が、よっぽど暮らしの役に立つわ」

けれども、まずしいやもめは、金持ちのことばに耳をかしませんでした。金持ちになんといわれようと、神さまがお金をくださることを信じて疑いませんでした。

金持ちがあきれて家へ帰ったあとも、女は祈りつづけました。まえよりいっそう声をはりあげて、「神さま、どうぞお金をください！」と、くりかえしました。

夜中になっても、まだ祈りつづけていました。とうとう金持ちは、がまんできなくなりました。そこで、それならいっそのこと女をからかってやろうと、袋をもってくると、その中に、われたかわらやガラスのかけらなどを、いっぱいつめこみました。そして、その袋を背負って、女の小屋の屋根によじのぼり、屋根にあいている穴を大きくして、そこから、祈っている女めがけて、袋を投げいれました。袋は女にあたり、女は気絶しました。

　金持ちは、やっとあのうるさい声がやんだので、やれやれと満足して屋根をおりました。けれども、そのあと、女がどうするかと思って、壁の穴からこっそり中をのぞいていました。

　まもなく、女は気がついて起きあがりました。そして、そばにある袋を見て大よろこびしました。神さまが自分の願いを聞きいれて、お金をくださったものと思いこんだからです。女は、思わずひざまずいて、お礼をいいました。

「神さま、ほんとうにお金をくださったのですね。ありがとうございます。でも、どうしてこんなにたくさんくださったのですか？　わたしにこんなにくださって、神さまの分はまだのこっているのでしょうか？」

　女が、こうひとりごとをいいながら、袋に向かって手を合わせているのを見て、金持ちは、おかしくてなりませんでした。そして、袋の中身が、かわらとガラスのかけらだとわかったらどんな顔をするだろうと思ってニヤニヤしながら、なおもなりゆきを見まもっていました。
中になにがはいっているかわかったら、女はきっと一日じゅう祈りつづけたことを、はずかしく思うだろう。そして、もう神さまになにかお願いをするなどという、ばかなことはしなくなるだろう。そうすりゃ、おれも、うるさい声を聞かずにすむわけだ、と、金持ちは思いました。

ところが、女は、すぐ袋をあけようとはしませんでした。何度も何度もていねいに袋をおがみ、しまいには立ちあがって、うれしそうに袋のまわりをおどって歩きました。

それから、ようやく、袋の口を開きました。すると、どうでしょう！ 袋の中から出てきたのは、女の願いどおり、お金でした！ 袋には、金貨や、銀貨や、銅貨が、びっしりつまっていたのです。神さまの力で、袋いっぱいのガラスのかけらは、正真正銘のお金に変わっていたのです。女は、この瞬間から、またとない大金持ちになりました。

こわれかかった小屋はすぐ建てなおされ、中は、りっぱな家具や調度でかざられました。ボロにかわって、きれいな着物も買いそろえられました。近所の人々は、女がどうやってそんな大金を手にいれたか、そのわけを聞いて、みんな心からおどろきました。

ただひとり、となりの金持ちだけはおどろきませんでした。あの袋を落としたのは自分だということが、わかっていたからです。それにしても、袋を落としてやるなんて、まずいことをした、と、金持ちは後悔しました。自分が袋を落とさなければ、あの女も金持ちにはならなかったろう。せめて、あんなにびっしりつめておかなかったら、あんな大金持ちにはならなかったろう。そう考えると、金持ちは、自分のしたことが、くやまれてなりませんでした。それというのも、女が手にいれた金は、自分の財産全部よりもっと多かったからです。

くやしさに身をもんでいるうち、金持ちは、ふと思いました。そうだ、自分もおなじようにして、金のはいっている袋を手にいれよう。

そこで、金持ちは、召使いに、その夜、自分の部屋の屋根に穴をあけて、そこから、ガラスのかけらのいっぱいつまった袋を二つ落とすように、いいつけました。

そして、自分は、昼間からずっと部屋の中にすわって、となりの女のまねをして、大きな声でわめきました。

「ああ、神さま、どうかわたしに金をください！　どうかどうか、わたしに金をくださ い！」

やがて、夜になりました。それでも金持ちはわめくのをやめませんでした。夜中に、召使いは、主人にいいつけられたとおり、ガラスのかけらのいっぱいつまった袋を二つもって、屋根にのぼりました。そして、主人のいるちょうど真上あたりに穴をあけ、そこから、袋を二つとも落としました。

袋は金持ちにあたり、金持ちは気絶しました。けれども、気がついてみると、袋は二つとも、ちゃんとそこにありました。金持ちは、うまくいった！　とばかりニヤッとわらって起きあがると、袋をおがんでいいました。

「神さま、ほんとうにわたしにもお金をくださったのですか？　神さまのところには、まだ金がのこっておりましょうか？」

そして、よろこびいさんで、袋の口をあけました。ところが、袋の中には、ガラスのかけらがあるだけでした。中身は、金に変わっていなかったのです。

金持ちは、カッとなって神さまをののしりはじめました。

「神さま、あなたは不公平だ。となりのばばあには、袋の中身を金に変えてやったのに、どうしてわたしには、おなじようにしてくれないのです！」

こうもいいました。

「うちの神さまは、となりの神さまとはべつなのだ。うちの神さまは、ガラスを金に変えることができないんだ！」

金持ちは、さんざん悪態をつきましたが、どうにもなりませんでした。そればかりか、袋が体にあたったとき、ガラスのかけらであちこちけがをしていることがわかりました。

そしてそのけがは、どういうわけか、なかなかよくなりませんでした。

けがのため、働けなくなったばかりでなく、くすり代がたくさんかかって、金持ちの財産はどんどん減っていきました。そして、ついにはまだ貧乏だったころの、となりのやもめ女のように、まったくの一文《いちもん》なしとなり、あたりをうろつかなければならないありさまとなりました。

話す人のために

オンドリとネズミと小さい赤いメンドリ　"The cock, the mouse, and the little red hen" in *The Arbuthnot anthology of children's literature.* より。　昔話らしい単純な筋立てだが、描写は細かく、やや創作童話風。話が長いわりにむずかしいところはないから、幼い子にもよくわかる。軽快にいきいきと語るとよい。同じ問答を繰返すところは機械的にならないように。子どもたちは、怠け者で自分勝手なオンドリとネズミに親近感を抱くらしく、無事にキツネから逃れると、ほっと満足する。五、六歳から。（十五分）

瓜こひめこ　『信濃の昔話』稲田浩二監修　岩瀬博他編　（日本放送出版協会）に収められている長野県飯山の話をもとに再話した。この話は、青森から鹿児島まで全国に広く分布しているが、あまんじゃくが瓜ひめを殺し、ひめに化けているという型が多い。だがここでは、聞き手の子どもの気持を考えて、主人公が殺されない話を選んでみた。語り方としては、特にむずかしいところはないが、あまんじゃくが瓜ひめに戸を開けさせるまでのかけ合いが山なので、ていねいに。あまんじゃくは悪者だが余り恐しく描かず、小憎らしい存在といった程度にする方がよい。五、六歳から。（九分）

ルンペルシュティルツヘン　グリム昔話より。話し方は、東京子ども図書館編『新装版お話のリスト』一〇七ページ参照。三、四年生から。（十一分）

ぼくそっくりの　イギリスの伝承ことばあそび"Just Like Me"をもじったもの。もとのものは、「階段一段上がった」「階段二段上がった」「部屋の中へはいった」「窓から外を見た」「そしたらサルがいた」ということばの次に「ぼくとそっくり」という合の手がはいる。ここで試みたのはほんの一例で、子どもの性別、そのときの服装などに合わせて、自由につくってたのしむのがよい。グループでするときは、子どもの番だということを、手で示してやるとよいだろう。

やもめとガブス　インドネシア、ジャワ島西部の昔話より。昔話ではあるが、宗教的な色彩があって、ちょっと変わった味わいがある。特別話し方に工夫がいるところはないが、主人公のやもめの一途さが出るように、てらわず、まじめに語りたい。三、四年生から。（十七分）

東京入船・かつら文庫

後藤節子

聞くことから語ることへ

――お話とわたし――

もう二十年近くも前のこと、小学生だった私は、友達につれられてある文庫へ行き、本を借りるようになりました。それまでは、家からほんの五分ほどの所に、たくさん子どもの本があって、貸してくれる家があるとは知りませんでした。土曜日ごとに通ううちに、文庫という所は、本を貸してくれるだけではなくて、本を読んで聞かせてくれる所でもある、ということがわかってきました。自分のお母さんでもない女の人が本を読んでくれるなんて、私には初めてのことでしたが、他の子が読んでもらっているのを、途中からでも聞くほど楽しい経験でした。小泉八雲の「怪談」の中の話を次々読んでもらったり、エステスの「黄色い家」を続きで聞いたりしたことを覚えています。

その頃は、まだきまった「お話の時間」はありませんでしたが、私が四年生になると、文庫から廊下を隔てた奥の部屋で、「お話の時間」が始まりました。ロウソクに火をつけることもなく、お話はあっさりと始められましたが、皆しんとして、固唾を飲んで聞きました。プログラムはほとんど昔話で、日本のもの、外国のものと様々でした。「かたやきパン」や「釘スープ」では陽気な気分で笑い、「心臓がからだの中にない巨人」

や「ユルマと海の神」などはちょっと不気味で、隣りの子と身を寄せ合ったりしました。知らない話はどうなるのかと真剣に、知っている話は細かいニュアンスを楽しみました。その後も私は文庫には通い続け、本は読みましたが、学年も上がり、「お話」はほとんど聞かなくなりました。ちょうど、「お話の時間」の終る頃居合わせて、お話を聞き終えた小さい子たちの満足げな顔を見ると、ちょっと心を動かされたりはしましたが……。

私が高校生になった時、たまたま文庫が人手不足になり、私も文庫のお手伝いをするようになりました。そして、大学に入ってからは、自分も語り手の側に加われるように東京子ども図書館の「お話の講習会」に行くことになりました。それまでも、文庫で子どもに絵本や本を読んであげることはしていましたが、「お話」となると、勝手がちがいます。初めのうち、覚えて話す、というのは大変なことでした。覚えるのは覚えても、大勢の大人の前で話すのは、とても勇気がいり、緊張して、あがってしまいます。ですから、もし、お話の勉強が「話す」練習だけだったら、私は途中で挫折したかも知れません。けれども、他の人の話を「聞く」ことも勉強のうちなのです。この方はおもしろくて、おもしろくて、人のお話を聞けるという期待に支えられて出席し、無事、講習会を終えることができました。とにかく私は、お話を聞・か・せてもらうことにかけては、年季が入っていましたから。

お話の練習のもうひとつの支えは、覚えたての話を聞いてくれた文庫の子どもたちでした。初めてお話の時間に語ったのは、「三びきのやぎのがらがらどん」でした。大人の時ほどあがりませんでしたが、子どもの顔を見るのが精一杯。でも、子どもたちは、最後までよく聞いてくれ、小さい子の一人などは、「おもしろかった」とさえ、いってくれたのです。

その日から、もう五年も経ちましたが、その間、どれほど失敗し、冷汗をかいたことでしょう。けれども、「お話、間に合った?」と駆けこんできたり、十分も前からお話の部屋の前に並んだりして、熱心に聞いてくれる子どもたちに接すると、また、新しいお話を覚えようという気になります。こうして、私には、聞く楽しみの上に、語るよろこびが加わりました。

子どもの時から、たくさんの本やお話を楽しんできたことは、私の財産ですが、今度は、自分が語り手として、子どもとお話をわかちあうことで、また財産がふえたように感じるのです。「お話の講習会」を終えた時、私が手にした「修了証」には、お話の名人だったイギリスのジョン・メイスフィールドの——知る値打のある話は、わかちあう値打がある。わかちあわれることによってのみ、話は話になりうるのである——という言葉が書かれていました。私は今、この言葉の本当の意味を知り始めたように思います。

東京子ども図書館は、子どもの本と読書を専門とする私立の図書館です。1950年代から60年代にかけて東京都内4ヵ所ではじめられた家庭文庫が母体となり1974年に設立、2010年に内閣総理大臣より認定され、公益財団法人になりました。子どもたちへの直接サービスのほかに、“子どもと本の世界で働くおとな”のために、資料室の運営、出版、講演・講座の開催、人材育成など、さまざまな活動を行っています。くわしくは、当館におたずねくださるか、ホームページをご覧ください。
URL https://www.tcl.or.jp

おはなしのろうそく 12 東京子ども図書館編

1982年8月25日 第1刷発行 2023年6月20日 第20刷発行

発行所 公益財団法人 東京子ども図書館

〒165-0023 東京都中野区江原町1-19-10
TEL 03-3565-7711 FAX 03-3565-7712

印刷・製本 社会福祉法人 東京コロニー コロニー印刷

ISBN 978-4-88569-111-9